LES JEUX D'ENFANS.

A

LES JEUX D'ENFANS.

POËME

TIRE DU HOLLANDOIS.

PAR M. FEUTRY.

Non *Meræ nugæ.*

A LA HAYE;
Et se trouve à Paris,
Chez DURAND Neveu, Libraire
rue S. Jacques, à la Sagesse.

MDCCLXIV.

Si volumus, magna ſæpe inelligemus ex parvis. Cic.

PRÉFACE.

CETTE Brochure eſt bien *petite*; j'en conviens ; mais c'eſt le ton du jour : car tout eſt devenu *ſi petit*, *ſi petit*, *ſi petit*, ... on ſent de reſte que je ne veux parler que des petites choſes qui groſſiſſent la plûpart de nos volumes. Mon intention dans cet *Enfantillage*, étoit de ne pas en offrir tout à fait de ſemblables. Si je me ſuis trompé, au moins n'ennuie-rai-je qu'un petit moment.

AVIS DU LIBRAIRE.

COMME ceci n'est qu'un *Enfantillage*, pour me servir des termes de l'Auteur, j'ai cru devoir ne pas m'écarter de son idée, & suivre le costume. J'en ai donc fait, par ce petit *format*, & par la gentillesse de l'impression, un vrai *Jou-jou* que j'offre, *pour Etrennes*, aux *Enfans* de tous les âges.

EPITRE
A MON FILS.

Disce Puer virtutem ex me, verumque laborem,
Fortunam ex aliis . . . Virg. Æneid. lib. 12.

MON Ami, vous êtes jeune ; dévorez les leçons que je vous présente. N'imitez pas mes erreurs ; je les abjurerai bientôt publiquement : je ferai mieux, je les réparerai. (*) *Le jour où j'ai commencé à les sentir est à peine écoulé ; & c'est de là que je date mon adolescence. Instruisez-vous par la triste expérience*

(*) Intelligant quorum interest.

des autres ; conduisez-vous avec la sagesse de votre Mere ; profitez de ses talens, & vous envierez moins les miens. Si elle vous a donné le jour, elle m'a rendu à la vie ; n'oublions donc jamais ce que nous lui devons. Je vous préviens que dans le monde on jette souvent du ridicule sur la vertu & sur les talens, mais on finit toujours par les respecter : souvent encore le vice est applaudi, l'illusion cesse bientôt ; & le mépris reste. Apprenez de plus, qu'être riche, ce n'est pas être heureux, & que le Bonheur est le seul but du Sage. Vous n'avez que douze ans, mon Ami, j'en ai quarante-trois, & vous me croyez fort âgé ; mais je sens, d'après mes réflexions sur ces Jeux, que je ne suis encore tout au plus qu'à mon second berceau .... Adieu.

LES JEUX D'ENFANS.

POËME (*a*).

„ Tout nous dit que la vie est un vrai jeu
„ d'Enfant ;
„ Je le pensois jadis ; je le sçai maintenant.

Epitaphe de Jean Gay,
attribuée à lui-même (*b*).

LE Ciel étoit serein, un jour pur éclairoit les beautés de l'univers ; un vent frais & leger tempéroit la chaleur naissante du milieu du Printemps : tout concouroit à faire briller les richesses

---

(*a*) Cette Piece fugitive est tirée d'un Recueil de Poësies Hollandoises du célébre *Catz*. On n'en a pris que le titre, & l'idée générale.

Le *Kinder-Spel*, ou *Jeux d'Enfans*, est d'environ quatre cens Vers, de huit syllabes & rimés.

(*b*) Poëte Anglois, mort en 1732, & enterré à Westminster.

de la nature qui sembloit inviter les mortels à jouir de ses bienfaits. Attirée par le charme d'un jour si beau, une foule d'Enfans aimables s'échape de la triste enceinte d'une ville, & vient se répandre au loin sur le gazon fleuri. Là, semblables à de tendres agneaux, ces Enfans bondissent ; ils se dispersent par petites bandes que forment naturellement leurs inclinations & leurs gouts : & ils commencent bientôt leurs jeux différens.

O vous ! mortels sérieusement appliqués à de graves riens ! Enfans ridés de tous les Etats, venez contempler ces jeux innocens & instructifs. Ils renferment des leçons utiles à la vie, & composent un petit monde dont le nôtre n'est qu'une image grossie par le Télescope de la Vanité. Prenez celui de la Raison, & vous percerez les abymes du cœur de l'homme. Vous pourrez vous reconnoître alors à ces Jeux Enfantins (a), que vous regardiez comme futiles, pitoyables ou risibles.

VOYEZ cet Enfant badin, qui, un bandeau sur les yeux, les bras tendus, les mains ouvertes, les doigts écartés, marche en glissant & en tâtonnant la haye. Voyez comme il court, tourne, va, revient en cherchant quelqu'un de sa troupe qu'il puisse toucher dans sa course incertaine : il le prend enfin, le nomme & se trompe. En vain lui dit-on qu'il est dans l'erreur, qu'il n'a pas trouvé ce qu'il cherchoit ; il insiste & demande à re-

(a) ,, Ludos pueri qui mutant, viri facti ,, affecti novationibus aliam vitam quærunt, ea quæsita, alias leges cupiunt... *Plat. de Leg. Dial. 7.*

voir la lumiere pour vérifier sa prise trompeuse. On arrache le voile ; il reconnoît sa faute, mais trop tard, hélas ! . . . . C'est ainsi que l'Amour nous aveugle ; c'est ainsi que l'Hymen nous rend la vûe.

REGARDEZ cet autre non moins insensé ; il quitte la prairie aux mugissemens aigus d'un taureau qu'on égorge dans la ferme prochaine qui appartient à ses Parens. Ce n'est pas le desir de profiter de l'abondance, que ce sacrifice nécessaire va porter dans la maison, qui le fait agir ; il ne songe ni à l'utilité de cet approvisionnement, ni à la graisse de cet animal, qui doit l'éclairer, ni à sa chair qui le nourrira ; encore moins pense-t-il à la peau destinée à sa chaussure ; tout son empressement, son ardeur, ne tendent qu'à demander la vessie qu'il obtient, & que soudain il remplit de vent. Transporté d'allegresse par sa grosseur, par sa légéreté, & par sa résonance, il la fait bondir cent fois : mais que cette joye dure peu ! ce balon qu'il croioit devoir faire sa félicité, tombe bientôt sur quelque pointe qui dans l'instant le perce. Le vent s'échape, cette grosseur factice s'évanouit, & ne laisse qu'une peau flétrie & dégoûtante. L'Enfant pleure & revient tristement raconter son infortune à ses camarades qui l'en consolent par des éclats de rire.

Hommes vains ! quel est le bût de vos démarches ? une mince *gloriole* ; une vapeur legere ; un misérable vent. Vous ne pensez ni aux biens solides, ni à la véritable gloire. Sans vertus, sans mœurs & sans talens, vous coulez, au sein même de la dissipation, des jours filés par l'ennui, & agités par les remords. Vous vous croyez presque des dieux, si de vils adulateurs font fumer à vos pieds un encens offert par la seule cupidité. Un revers arrive; le balon de cette prétendue félicité se desenfle, s'affaisse, & ne vous laisse que des regrets cuisans & superflus, que l'abandon & le mépris de ces mêmes flatteurs vous rendent encore plus amers.

CONSIDEREZ ce groupe de jeunes Ecoliers, qui, la bouche béante, & la tête à demi renversée sur le dos, admirent un Cerf-volant. Ils sont étonnés de le voir au plus haut des airs le disputer à l'aigle audacieux; ils ne réfléchissent pas sur l'effet de la corde qu'eux-mêmes tiennent & dirigent: ils ne voyent que l'élevation rapide de leur Cerf qui semble ensuite planer avec fierté dans la Région supérieure. On diroit qu'ils ne le regardent qu'avec respect ; mais, ô douleur ! la ficelle, qui seule soutient ce nouvel Icare, cede à l'effort impétueux d'un coup de vent inattendu, se rompt & l'abandonne à ses propres forces. Bientôt il vacille, tournoie, culbute & se précipite dans un marais fangeux voisin de la Prairie. La petite troupe vole sur ses bords, & ne peut s'empêcher de huer à la vûe de la bourbe dont l'objet de son admiration est couvert : les pompons dont ils l'ont orné, dérangés par cette chûte, ajoûtent encore à l'espece de ridicule qu'ils y voyent, & ils finissent par le fouler aux pieds & achever de le mettre en pieces.

Tremblez, vous ! que la Puissance Suprême porte avec tant de rapidité au faîte des honneurs & de la fortune! un orage ſubit ſe forme ; le fil de la faveur ſe briſe, & un même jour voit un Courtiſan chéri, le matin auprès du trône, & le ſoir dans la boue. Cet infortuné, que ſes vils entours & ſes bas protégés diviniſoient, devient en un moment le jouet & la riſée de ceux même qu'il combloit de biens.

REMARQUEZ cette bande ingénue de petites Filles. Elles conviennent entr'elles de jouer à la Princeſſe, à la Marquiſe, & de remplir le cérémonial abſurde, mais d'uſage, pour chacune de ces qualités fictives. La jeune Princeſſe a bientôt une Cour nombreuſe qui tantôt ſe tient debout, tantôt s'aſſied, toujours avec peu d'aiſance, tandis que la prétendue Souveraine ſe penche fort négligemment sur un siége de verdure qu'elles avoient élevé avec assez d'adresse. Insensiblement elle s'accoutume aux honneurs, aux hommages, & oublie que toutes ces petitesses de convention ne sont attachées qu'au rang, à moins que, contre le cours ordinaire des choses, ce qu'on appelle un Grand, ne soit doué de cette élévation d'ame, qui seule force au respect, à l'estime & à l'attachement. Le Jeu commence. La Princesse exige déja le titre de Majesté; elle veut qu'on y ajoûte celui d'Impériale, de Sacrée, d'Auguste; elle ordonne qu'on la serve à genoux, prosterné, & qu'on ne sorte de sa présence qu'à reculons. La Duchesse, la Baronne entendent à leur tour être qualifiées d'Altesse Royale, Sérénissime, de gracieuse Excellence : tout ce qui les environne, jusqu'à celles qui ont pris le rôle de Femmes de Chambres, exigent de la grandeur ; & qu'on ne leur parle qu'à la troisiéme personne. Cette étiquette bouffonne & *assomante* s'observe avec exactitude. La Princesse à peine a-t-elle ouvert la bouche, sans avoir achevé sa phrase, qu'on se récrie de plaisir, & qu'on fait retentir le canton de clameurs & d'applaudissemens . . . . . » Hier au soir, un peu » tard, dit-elle, je me suis promenée dans mon Parc ; j'ai eu peur » des Esprits, & je crois même en » avoir entendu murmurer quelques-» uns . . . . « La Princesse a raison, répondit toute la Cour Enfantine, certainement il y a des Esprits . . . . . » Je me suis fait dire aussi ma bonne » avanture, il y a quelques jours, » & j'y ai reconnu beaucoup de » vrai . . . . « La Princesse a raison, les Devins & les Faiſeurs d'horoſcopes ſont d'honnêtes gens, & méritent d'être conſidérés.... Enfin à chaque abſurdité qu'elle lâchoit, quoiqu'avec bien de l'eſprit, on répétoit toujours que la Princeſſe avoit raiſon. Cependant une petite revêche ne put contraindre longtems ſon caractére, ni contenir ſa vivacité, & finit par la contredire. La Reine de la Prairie la reprend avec aigreur; la mutine perſiſte, & continue ſes contradictions. On replique, la colere s'en mêle, la petite troupe ſe dérange, & tombe dans la confuſion & dans l'anarchie. L'illuſion ceſſe avec le Jeu; les auſteres gouvernantes arrivent, & tout rentre dans l'ordre & dans l'égalité.

Qui ne voit l'application de cette image? nous ſommes convenus de

Monseigneuriser tel homme qui souvent est un sot, un imbécile, pour ne rien dire de plus. Pourquoi donc vouloir se soustraire à cet arrangement ? N'appelle-t-on pas quelquefois un Epagneul, *César* ? C'est son nom. Tandis que le Jeu dure, c'est-à-dire pendant le cours de la vie, gardons soigneusement les formules. Les apparences ne doivent rien couter, surtout au vrai Philosophe. Son Altesse, ou Monseigneur veut soutenir une idée fausse, extravagante, monstrueuse ; applaudissez : dites comme ces enfans, son Excellence a raison. Vous lui devez ces égards ; vous lui devez encore, (c'est de son rang que je parle) un ton composé, un air respectueux, un discours mesuré. Vous lui devez, de plus, quelques mensonges honnêtes, permis, même néceſſaires (*a*). Quant à l'eſtime, à la confiance, c'eſt autre choſe; il faut que ſa grandeur la mérite. Voilà comme il faut que les hommes jouent. Il eſt plus ſage, ſans doute, de fuir ce que le vulgaire nomme indiſtinctement *Grands Seigneurs*. Mais on n'eſt pas toujours le maître des circonſtances que le ſort amene : d'ailleurs il en eſt quelques-uns d'inſtruits, d'aimables & de vertueux.

QUELS ſont ces quadrilles d'Enfans armés de baguettes, précédés

(*a*) Que ceux qui voudroient trouver cette morale un peu relachée, ſçachent qu'il ne s'agit point ici de choſes graves. Si un Grand, qui feroit, comme cela eſt poſſible, de la mauvaiſe Proſe, ou de méchans Vers, me conſultoit ſur ſon ouvrage, je n'irois point aux *carrieres* : mais s'il me demandoit des avis ſur une injuſtice qu'il préméditeroit, mon ſilence, mes larmes, ou ma fuite, lui marqueroient mon deſaveu.

d'un petit tambour & d'un mouchoir flottant qui leur sert de drapeau? Ils forment différens corps, chacun un chef à la tête. Ils paroissent tracer un camp, s'y retrancher, aller à l'ordre, faire en un mot toutes les évolutions militaires. Ils s'étendent dans la plaine, choisissent leur terrein, se rangent en bataille, s'ébranlent & se chargent réciproquement. Plusieurs sont déja renversés dans ce premier choc, & ont reçu quelques légeres contusions; la mêlée devient presque générale, & même un peu sérieuse. Le desir de vaincre auroit pû rendre ce Jeu tragique, si les Gouverneurs de cette bouillante jeunesse ne fussent accourus pour séparer les combattans, calmer leur pétulance, & les porter à la paix.

O Brigands, Meurtriers, Assassins, faussement connus sous les illustres noms de braves Soldats, de Vainqueurs généreux, de Héros magnanimes ! que ne vous rendez-vous à la voix ſacrée de vos Précepteurs, l'humanité & la raiſon ? Mais cette voix eſt trop foible & trop lointaine ; vous les avez bannis, ces divins inſtituteurs, & vous n'écoutez que celle de l'ambition, de l'avarice, de la fureur & de la licence. Vos jeux cruels, ces guerres barbares font le malheur des Nations & l'opprobre du Cœur & de l'Eſprit humain. Encore ! ſi vous deffendiez la Patrie, vos Foyers, vos Femmes, vos Enfans, ou ſi vous combattiez pour la Juſtice ! ... Que dirois-je de plus, à cet égard, qui n'ait été mille fois mieux exprimé par l'éloquent Génevois ?

QUEL eſt cet Enfant iſolé dans l'un des angles de ce vaſte tapis de verdure? Soyez attentifs à ſon maintient. Ses yeux annoncent le contentement; ſes geſtes marquent la joye; voyez avec quelle application il pince un nerf tendu ſur une eſpece de monocorde qu'il a lui-même fabriqué, & dont il croit jouer mélodieuſement. Il s'écoute, s'admire, ſe complait & s'applaudit. Plus ſatisfait de la ſorte de Mélopée que cet inſtrument informe produit à ſon oreille que des accords enharmoniques du ſublime *Rameau*, il jouit du ſuprême bonheur. Aucun des plaiſirs de ſes camarades ne le touche; il eſt inſenſible à leurs jeux; il ſe ſuffit à lui-même.

Bornez vos deſirs, contentez-vous de ce que vous poſſedez, ne ſouhaitez rien audelà de votre ſphere & vous ſerez heureux. Si vous trouvez autant de goût dans les mets de *Strabon* que dans

dans ceux de *Lucullus*, qu'avez-vous besoin de richesses? si votre chalumeau vous amuse, pourquoi regretter avec douleur de ne pouvoir entendre les chef-d'œuvres du divin *Pergolese*?

EXAMINEZ celui-ci: il galope à toute bride sur un bâton. Il croit monter un Cheval d'Espagne de grand prix, richement caparaçonné, & de l'ancienne race Arabe. Il imagine prendre tous les airs de manége, & se *pavane* dans les graces qu'il étale. Mais lassé de ses caracolles, il se repose, & voit enfin que son superbe coursier n'est qu'un morceau de bois.

Que d'exemples semblables ne voyons-nous pas dans le monde? Tel est assis sous un humble toit, qui se croit sous le dais; tel autre court à pied, & pense monter un barbe fougueux. Quelle eſt la cauſe de leur erreur ? L'orgueil.

Ce nouveau Jeu mérite attention. Deux adoleſcents tiennent, à la diſtance de vingt pas, une corde un peu lâche qu'ils font tourner à leur gré. Un troiſiéme doit paſſer entre eux ſans la toucher, ou, mieux encore, danſer au milieu, ſans que cette corde mobile, qui paſſe au deſſus de ſa tête, & ſous ſes pieds, l'effleure en aucune façon, ſans quoi il perd la partie, & prend à ſon tour la place de ceux qui agitent le petit cable. Etudiez le mouvement de cet Ecolier, voyez comme il épie le moment d'entrer, & quand la courbe ſera au point le plus favorable à ſon deſſein. Il part ni trop tôt, ni trop tard, ni trop lentement, ni trop vite ; mais dans l'inſtant précis. Il ſaute alors avec autant de gayeté que de satisfaction, & il fatigue ses camarades qui envient son adresse & ses plaisirs.

Que signifie ce Jeu ? Manquez l'heure, la minutte, l'occasion, la fortune vous échape : vous perdez le fruit de vos soins, & rarement cet instant se retrouve.

VERS l'Ouest de la Prairie, s'éleve une digue spacieuse destinée à contenir les eaux d'un étang immense qui l'avoisine. Ce boulevard, bordé de quatre rangs d'arbres, offre une promenade agréable & étendue. Les contr'allées, battues, sablées, tirées au cordeau ne fatiguent pas les *Promeneurs*, & engagent d'autres essaims d'enfans, dont les jeux exigent une surface unie & allignée, à venir profiter de ce avantage. Ici, c'est une

Toupie qui tourne avec vitesse; une main la guide, armée d'un fouet, & la rend alerte & rapide. Cesse-t-elle d'être tourmentée, elle chancelle, tombe & meurt (*). Qui ne sent la leçon qu'on peut en tirer? Celui qui vit sans peines se rouille par l'inaction; de là naissent l'indolence, l'ennui, le dégout, le vice, enfin la mort du plaisir. Plus loin, c'est un Cerceau qui roule legerement sur le sable, & répete sans cesse son mouvement uniforme, avec plus ou moins de célérité. L'enfant qui le pousse ne prévoit pas que cette rotation successive est l'image de la vie qu'il menera peut être. Combien de mortels lui ressemblent! ils parcourent sans cesse la ligne du même cercle dont ils sont

(*) C'est le terme de ce jeu.

circonſcrits, en un mot, ils ſe levent le matin pour ſe coucher le ſoir.

MAIS que vois-je ſur la ſorte de demi-lune qui regne au bout de cette levée? Un enfant paroit avoir quelque force, & n'oſe marcher ſeul! ſa gouvernante fait ſemblant de le ſoutenir par ſes liſières; un valet de chambre feint de le conduire avec une longue paille dont il tient l'extrémité. L'enfant gâté, qu'on rend inepte & peureux par ces folles attentions, croyant être étayé de toutes parts, marche avec confiance, & l'imbécile n'oſe s'abandonner à lui-même. Eh bien, Ames puſillanimes! qui vous vous attachez aux grands & aux riches du ſiécle, dans l'eſpoir d'en être ſecourus, & qui vivez ſous eux dans le plus dur eſclavage, volez de vos propres aîles, & vous ſentirez tout le prix de cette indépendance, l'appanage de la Divinité, & le plus grand bien de l'homme.

LECTEURS! qui que vous soyés, c'est ainsi que des enfans peuvent vous instruire. Mon dessein n'est pas de décrire tous leurs Jeux (*a*). Ce que je viens d'en tracer doit suffire pour vous engager à faire sur ceux que vous pourrés voir dans les places publiques (*b*), des applications qui vous

(*a*) Ces Jeux ont quelquefois présagé de grands événemens. Romulus & Cyrus ont tous deux été faits Rois dans ces badinages. Ces mêmes singularités sont arrivées à plusieurs. On les trouve rapportées dans *Antonius Muretus variarum lectionum. Libro* 2. *cap.* 9.

(*b*) Pittacus de Mytilene, l'un des sept Sages de la Gréce, ayant été consulté par quelqu'un sur le choix d'une femme, répondit que les Enfans, dans les rues, le lui indiqueroient. L'homme en question alla se mêler parmi eux, mais ils le re-

ſoient utiles, & à vous efforcer, avant la mort, de ſortir au moins quelques momens de votre VIEILLE ENFANCE.

---

pouſſerent, & lui dirent „ *Vas jouer avec tes ſemblables* "... Il comprit que le Sage avoit voulu lui faire ſentir de ne pas contracter un mariage inégal * .... Cette inégalité ne doit s'entendre que de caractéres, de mœurs, d'eſprit, d'âge, même de configuration, & non pas de fortune.

* *Diogene Laërce.*

FIN.

ERRATA.

Frontiſpice, ligne 4 liſez *TIRÉ*.
Au verſo, liſez *intelligemus*.

PENDANT l'impression de cette sorte de *Bagatelle Morale*, un vrai Lettré, cette distinction est nécessaire de nos jours, m'a adressé le Billet ci-joint. » J'arrive de la Campagne où » j'ai lû avec attention la Copie de » vos *Jeux d'Enfans*, &c...... les » uns les trouveront trop courts, les » autres trop monotones; ceux-ci les » auroient voulu en Vers, ceux-là en » Estampes, avec la Moralité au bas; » & puis, un Hollandois! un Flamand! » des Mœurs! en France! en véri- » té, &c... d'ailleurs dans votre pre- » miere notte vous ne dites pas un » mot de l'illustre *Catz*, comme si cet » Ecrivain, Magistrat & Poëte, devoit » être connu dans nos cercles bril- » lans. Ainsi pour vous éviter la peine » de chercher des Livres que vous

» n'avez pas ici ſous la main, je vous envoye, s'il en eſt tems encore, une » nottice dont vous ferez l'uſage qui » vous conviendra : je vous ſouhaite » le bon jour . . . . D. «

JACQUES CATZ né à Browershaven en Zélande l'an 1577. Mourut dans ſa terre de Sorguliet en 1660. Après s'être acquis, dans le Barreau, une haute réputation à Middelbourg par ſes vertus & ſes talens, il fut nommé Penſionnaire de Hollande & de Weſtfriſe en 1634 & en 1648 Garde des Sceaux des Etats, & Stadhouder des Fiefs. Il alla enſuite en Angleterre, ſous la Régence de Cromwel, en qualité d'Ambaſſadeur, &c . . . . . On a de lui un grand nombre de Poëſies Hollandoiſes, toutes morales, & ſi eſtimées, dans les Provinces-Unies, qu'elles ont été ſouvent imprimées dans tous les formats. La derniere Edition de ses Œuvres a paru en 1726 en 2 vol. in-folio. Quel vaste champ à moissonner ! Voyez l'article *Carz* dans le Diction. Histor. Portatif de M. l'Abbé Ladvocat, Edit. de 1760. Cet article est curieux.

www.ingramcontent.com/pod-product-compliance
Ingram Content Group UK Ltd.
Pitfield, Milton Keynes, MK11 3LW, UK
UKHW020511230726
13925UKWH00005B/2140

9 782014 028102